U0061220

DISNEY · PIXAR

玩轉極樂園

COCO

新雅文化事業有限公司
www.sunya.com.hk

人間

米哥

米哥是一個熱愛音樂的十二歲男孩。他的夢想是追隨安尼斯圖· 曲臣的腳步，成為永垂不朽的偉大音樂家，但這個願望是絕不能給他的家人知道的，因為他們幾代以來都嚴禁音樂。後來，一場事故神奇地把米哥帶到極樂園，在這個意想不到的旅程中，他遇見他的祖先，並發現了有關自己身世的秘密……

豆丁

米哥的好友是一隻見到甜麪包就垂涎三尺的墨西哥無毛犬。豆丁總在米哥身邊出沒，準備好隨時陪他到處去冒險……尤其是當牠看見美味的骨頭！

Coco婆婆

米哥的太婆Coco繼承了母親伊美黛的造鞋手藝，並且謹守第一家規——嚴禁音樂！現在她已九十多歲了，開始記不起事情來，所以大部分時間只是坐在籐椅上。米哥很愛Coco婆婆，也知道她是一個很好的聆聽者——即使有時她會叫錯他的名字作朱里奧！

嫲嫲

嫲嫲是米哥的祖母，Coco婆婆的女兒，也是李維拉家族的一家之主。她嚴守着那條最重要的家規，不准家裏有音樂，就連房子的四周也不可以！嫲嫲認為亡靈節是一個重要的傳統，能使家人之間的關係更加親密。

媽媽和爸爸

與其他李維拉家族的成員一樣，媽媽露易莎和爸爸亨利克守着幾代以來的傳統，勤勞地在家族的鞋店裏工作。他們迫不及待地希望兒子米哥早日繼承這個傳統。

極樂園

安尼斯圖・曲臣

曲臣是活人和亡靈一致公認的史上最偉大的音樂家，也是米哥心目中的英雄。這位具代表性的巨星，當初為了成為一個名傳天下的歌星和演員，毅然離開了家鄉聖塞西莉亞鎮。後來雖然不幸意外身亡，從人間移居到極樂園，但他的名氣仍然響噹噹的。不過，曲臣的樂迷即將發現這位音樂傳奇人物的真面目……

阿德

昔日才華橫溢的音樂家阿德，如今是極樂園裏一個快要被活人遺忘的流浪漢。在極樂園裏，靈魂只有被活人紀念，才能避免「最後死亡」。阿德不想永遠消失，所以他必須想辦法，讓活人一直記得他。

伊美黛婆婆

她是米哥的太太婆。自從丈夫離家去追逐音樂夢之後，她就不准家裏有音樂。為了養活女兒Coco，她堅強地生活，並開始了李維拉家族的造鞋生意。伊美黛婆婆是個說話直接了當的人，她堅決反對米哥成為音樂家的夢想。

比比塔

比比塔是一隻形狀有如帶翼花豹的紙雕靈物，牠是伊美黛婆婆的專用靈獸。只有比比塔才能幫助伊美黛婆婆找到她的玄孫米哥，把他送回人間。

「我想，全墨西哥只有我們家族討厭音樂。」

——米哥

有時候，我覺得自己是受詛咒的……因為早在我出生之前，發生了一件不幸的事。
事情是這樣的：很久以前，有一個家庭，這個家庭有爸爸、媽媽，和一個小女孩。
爸爸是一個音樂家。
他有一個夢想，就是為全世界的人演奏。
所以有一天他帶着結他離開，從此沒有再回來。
那他的妻子呢？你以為她會為這個出走的音樂家浪費一滴眼淚嗎？
她沒有，因為她有一個女兒要養活。
她捲起衣袖，就開始造鞋。
她教她的女兒造鞋，也教她的女婿，然後教她的子孫。
音樂拆散了她的家庭，鞋子卻把他們連結在一起。這個女人就是我的太太婆伊美黛。
她的女兒是誰？當然就是我的太婆Coco。

朱里奧，你好嗎？
其實我叫米哥。Coco太婆已記不清事情，但我還是很喜歡跟她講話。
這是我的嫲嫲，她是Coco太婆的女兒。
不准有音樂！
我想，全墨西哥只有我們家族討厭音樂。
我知道我不應該喜歡音樂——但這不是我的錯！都是他的錯！
不准有音樂！

啊，看！
他們正在布置今晚亡靈節歌唱大賽的場地。你不是想跟你的偶像一樣嗎？你應該去報名！
不行，我的家人會生氣的。
如果你那麼害怕，就只能乖乖造鞋。
快想想，曲臣經常說什麼？
抓緊你的機會？
你離我孫子遠一點！
太太，別這樣——我只是叫他幫我擦鞋！
我知道你的鬼主意！

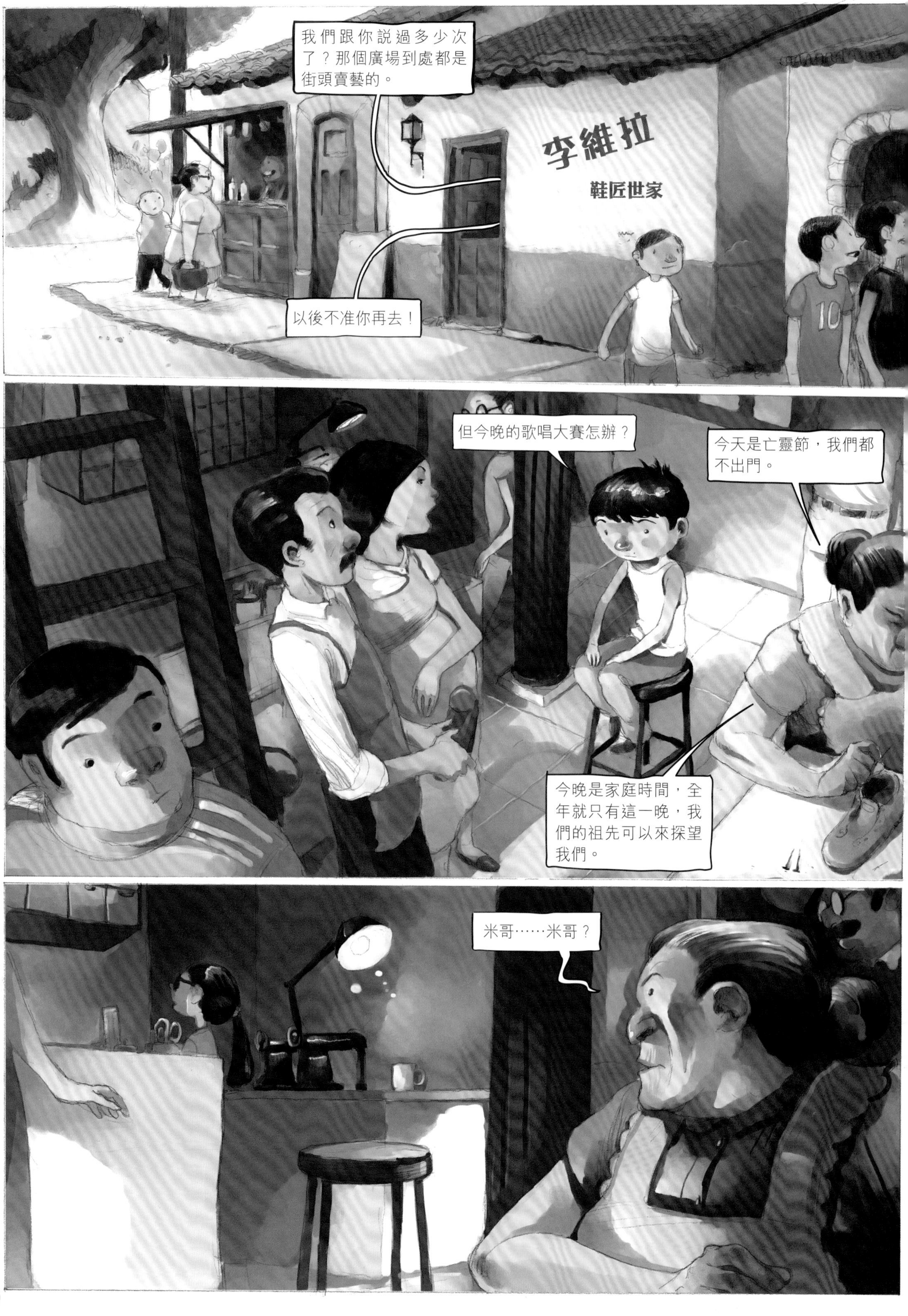
我們跟你說過多少次了？那個廣場到處都是街頭賣藝的。
李維拉
鞋匠世家
以後不准你再去！
但今晚的歌唱大賽怎辦？
今天是亡靈節，我們都不出門。
今晚是家庭時間，全年就只有這一晚，我們的祖先可以來探望我們。
米哥……米哥？

RIVERA
別給我惹麻煩。豆丁，別人會聽見我的！
其實我倒是希望有人想聽。
曲臣精選
你能體會那種感覺嗎？就是彷彿有一首歌在空中響起，單單為你而奏……

全世界都按規矩而行，唯獨我必須追隨我的心！
灰心失意時，我撥動我的結他。
絕對不要低估音樂的力量……
我不再徵求別人的同意
當機會就在眼前，你絕對不能錯過。你必須抓緊它！
曲臣先生，請問你是怎樣抓緊你的機會的？
我要對自己的夢想充滿信心。達到夢想只能靠自己，沒有人會把它雙手奉上。機會來了，就要牢牢地抓住，讓夢想成真！
豆丁，我不要再躲起來了，我一定要抓緊我的機會！
無論如何，我都要在廣場表演。

我們一致決定，是時候讓你加入我們的工場了！
你要開始造鞋，不用再擦鞋了！每天下課之後開始實習。
你是李維拉家族的一員。李維拉家族是……
鞋匠世家。世代相傳。
不要，豆丁！快停下來！
啪！

曲臣的結
他……？
Coco太婆，你的爸爸
就是曲臣？
爸爸！
我明白了！
DE LA CRUZ EL NUMERO UNO

是他！我知道我的太太公是誰了！
米哥！快給我下來！
Coco太婆的爸爸就是曲臣！
你到底在說什麼？
我一定會成為音樂家的！

這些都是什麼？
你居然背着自己的家人藏了那麼多的秘密？
這就是他經常在那個廣場閒逛的結果。
滿腦子都是不切實際的幻想。
這不是幻想！
那人是曲臣。史上最偉大的音樂家！
那個人的音樂是一種詛咒！我是不會允許的！
但你們看……
只要你們讓我……
到此為止！
你想跟那個人有同樣的下場嗎？
被人遺忘？上不了家庭供台？

我才不在乎自己能不能上那個破供台！
什麼？
不准有結他！不准有音樂！
嘭！
劈啪！
我不要留在這個家！

我想在廣場表演！跟曲臣一樣！還來得及報名嗎？
你有樂器嗎？
每個表演者都必須自備樂器……
小朋友，你一找到結他，我就寫上你的名字。
對不起。
嘭！

曲臣先生？請你不要生氣。
我是米哥，你的玄孫。
我需要借用一下。
你一定會叫我追隨我的心，抓緊我的機會！
是誰擅自闖入？
對……對不起！事情不是你所想的那樣！
曲臣是我的……
居然沒人！

米哥！
嫲嫲！
米哥！
快回家！
我的天！
小朋友，
你還好嗎？
來，
讓我幫你！
謝謝，我——
啊！
豆丁！你能看見
我？等等！到底
發生了什麼事？
米哥？

請告訴我，我是怎樣認識你們的？
他不像完全死了，但也不像真正活着。
孩子，我們是你的親人！
我們需要通知伊美黛婆婆。她一定知道怎樣解決這件事情！
但如果伊美黛婆婆過不來——
那我們就去找她！走吧！
嘩！
看來我不是在做夢。你們真的存在……

那些是紙雕怪獸嗎？
是真正的紙雕怪獸。是靈物。
他們為靈魂引路。
小心走！到處都是他們的糞便。
BIENVENIDOS
下一位！
你知道嗎，我是芙烈達。還用得着掃描嗎？那麼多供台上都有我的照片，恐怕你這部閃光機無法負荷⋯⋯
供台上沒有你的照片，不准過橋。
快跟我走。
好啦，好啦，誰在乎！無聊的百花橋⋯⋯
噢，要是沒有人把我的照片放上去，那真不知該怎辦！

我要跟這裏的
負責人說話！
唔，你是
受了詛咒。
亡靈節是個
供奉先人的
日子。
你卻去偷先人
的東西。
我沒有偷結他！
結他？
這些事情還是解釋不了
為什麼我不能過橋。
你從供台拿走了
我的照片？
我不是
故意的！
我們怎樣才能
送他回去？
你只要得到家人的祝福，一切就會恢復正常。
但你必須在日出之前做到。
我現在為你祝福，送你回
家，你要將我的照片放回
供台，並且從此不再彈奏
音樂。
什麼？她不
可以這樣！
嗯，原則上，
她可以隨意附
加任何條件。
好吧。

骷髏骨都不見了！
廣場，我來了——
嗖！
才兩秒鐘，你就反悔！
我……需要去洗手間。很快就回來！
呃，我們是不是該告訴他極樂園沒有洗手間？

我若要成為音樂家，就必須得到音樂家的祝福。
我一定要找到太太公！
你喜歡曲臣？我和他是老朋友！
我可以幫你拿到歡樂今朝演唱會的前排座位！
我快下班了，我要去人間探望家人……所以這次就放你一馬，只給你一個警告。
喂，喂！你認識曲臣？
哇！你是個活人！
對，我是活人。我若想返回人間，就需要曲臣的祝福。
奇怪，偏偏是他。
我可以幫你！你也可以幫我。我叫阿德。
哎，他一定會出事的……我們需要比比塔的幫忙。

你現在絕對像個死人。
這個地方是用記憶來運作的。有人懷念你，把你的照片放在供台上，你就可以在亡靈節那天過橋去探望活人。不過……
你不能過橋？
從來沒有人把我的照片放上去……但你可以改變這件事。
你的意思是，你帶我去找太太公，然後我回家把你的照片放上去？
好一個聰明的孩子！
我正好知道他在什麼地方綵排！

阿德，快把衣服還給我！
你好，西西！我把衣服弄丟了。
我必須在日出之前替四十個舞者裝扮好，而開場歌舞還缺少一個芙烈達！
是你！你怎樣進來的？
啊，是神奇無毛犬，遊魂們的指引！你帶了誰的靈魂來見我？
我不覺得他是隻專用靈獸。
千萬別這樣想！在我們的世界裏，靈獸有很多種化身……他們很神祕，也很厲害……
也有可能，他只不過是一隻狗。

不好意思，請問曲臣在哪裏？
曲臣從不參加綵排。
此時曲臣忙着在摩天大樓的頂層舉辦豪華派對。
你還説我的太太公在這裏！他卻在另一個地方舉行豪華派對！
如果你們是好朋友，為什麼他沒有邀請你？

喂，阿吉！你有這個派對的消息嗎？
它可熱門得很。不過，香腸，如果你不在貴賓的名單上，你是永遠進不去的……
嘿，是香腸！
兄弟，一點也不好笑。
香腸？
這位老兄有名得很呢！你問問他是怎樣死的！是被香腸噎死的！
夠了，我不是噎死的——我是食物中毒而死的！
這就是為什麼我不喜歡音樂人……都是一羣自以為是的笨蛋。
嘿，我就是音樂人。
你是？
你想見曲臣，不如去參加曲臣廣場的音樂比賽，勝出者可以在他的派對上表演。
我一定要得到我太太公的祝福。你知道哪裏可以借到一把結他嗎？
我認識一個人。

脆脆，你好嗎？
阿德，別打擾我！
兄弟，我也不想打擾你，但我們真的很需要借用你的結他。
這首歌帶給我很多回憶。謝謝你。
等等，發生了什麼事？
他被遺忘了。當人間再也沒有人記得你的時候，你就會從這個世界消失。我們稱之為「最後死亡」。
別這樣，「小曲臣」，你還要去贏比賽的。

你說你討厭音樂人，卻從未說過你本身就是。
如果我不是，又怎會認識你的太太公？
我們曾經一起演奏。
他的一切都是我傳授給他的！
你是在開玩笑吧！你曾經跟史上最偉大的音樂家一起演奏？
哈哈，你真好笑。
他的眉毛可能是史上最好看的，但他的音樂，呃，卻不怎麼樣……
你根本不懂！
歡迎大家來到曲臣廣場！
精彩表演正式開始！

朋友們，各樂隊將會大顯身手，爭奪冠軍！勝出者可以出席今晚的派對，在曲臣大師本人面前表演！
取得入場券的機會就在這裏。

演奏《記得我》好嗎？
不好，太過流行。
《一點瘋狂》怎樣？
很好！就這首！

小曲臣？你是下一個，請準備好。查查撐樂團，再下一個是你們！

你每次演出前都是那麼的緊張嗎？
我不知道，我從來沒有演出過。
不，不，不……不可以！米哥，你必須勝出！這場比賽決定了你的生死，一點也沒誇張！你真的從未演出過？
好吧，你想表演？那麼就要好好的表演。現在用盡全力發出一聲大叫。
嗯，啊——呀——呀呀呀。
我的天。孩子，大聲點……
小曲臣，到你了！
米哥，看着我。你可以做到的。抓住觀眾的注意力，別讓他們分心。孩子，要他們都聽你唱！加油！

哈哈哈哈哈哈依——
呀哈哈哈哈哈哈依——
呀哈哈哈哈哈哈依！
好！
好！
好！
你有沒有看見一個
來自人間的男孩？

各位先生女士，這裏有一個緊急宣布。
請大家留意一個叫做米哥的男孩。他是個活人，今晚剛從家人身邊逃走。他的家人只是想把他送回人間。
若任何人有他的消息，請跟警方聯絡。
等等！你說曲臣是你唯一的家人，只有他才能送你回家。
我是有其他的家人，但是——
你一早就可以把我的照片帶回去！
但他們討厭音樂。我需要一個音樂家的祝福。
看着我！米哥，我快被遺忘了，我甚至不知道自己能不能度過今晚！
我現在就帶你去找你的家人。你以後會感激我的。
你根本不想幫我，你只在乎你自己！拿回你的破照片吧！
別靠近我！
不，不是這樣的！
喂，孩子！對不起！快回來！

米哥，別再胡鬧了！我現在就給你祝福，送你回家！
我不要你的祝福！
音樂是唯一令我開心的東西，你卻要把它奪走！你是不會明白的。
我以為你討厭音樂。
不，我喜歡音樂。
但當我們有了Coco，突然之間……在我的生活中，有東西比音樂更重要。
我們每個人都要為自己想要的東西作出犧牲。你現在也必須做一個選擇。
但我不想二選一。為什麼你不能站在我這邊？
家人本該互相支持，但你永遠都做不到！

曲臣的摩天大樓
請出示邀請卡。
喔，原來是摔角大王蒙面俠！
請出示邀請卡。
比賽
第一名
嗡！
謝謝你們！
喂！小音樂家，好好享受這個派對！

當機會就在眼前，你絕對不能錯過。你必須抓緊它！
這是個有智慧的靈魂。
噢，爸爸，可是他是不會聽我的。
他會聽……音樂！
哈哈哈哈哈哈依——呀哈哈哈哈哈哈依——呀哈哈哈哈哈哈依！
撲通！
孩子，你沒事吧？

噢，你就是那個來自人間的男孩！
我是米哥，你的玄孫。
我……有一個玄孫？
我需要你的祝福，這樣我才能回家，才能成為像你那樣的音樂家。
我有一個玄孫！
太好了！
恭喜！
是的，我就是芙烈達。
非常榮幸，芙烈達小姐！
我知道。

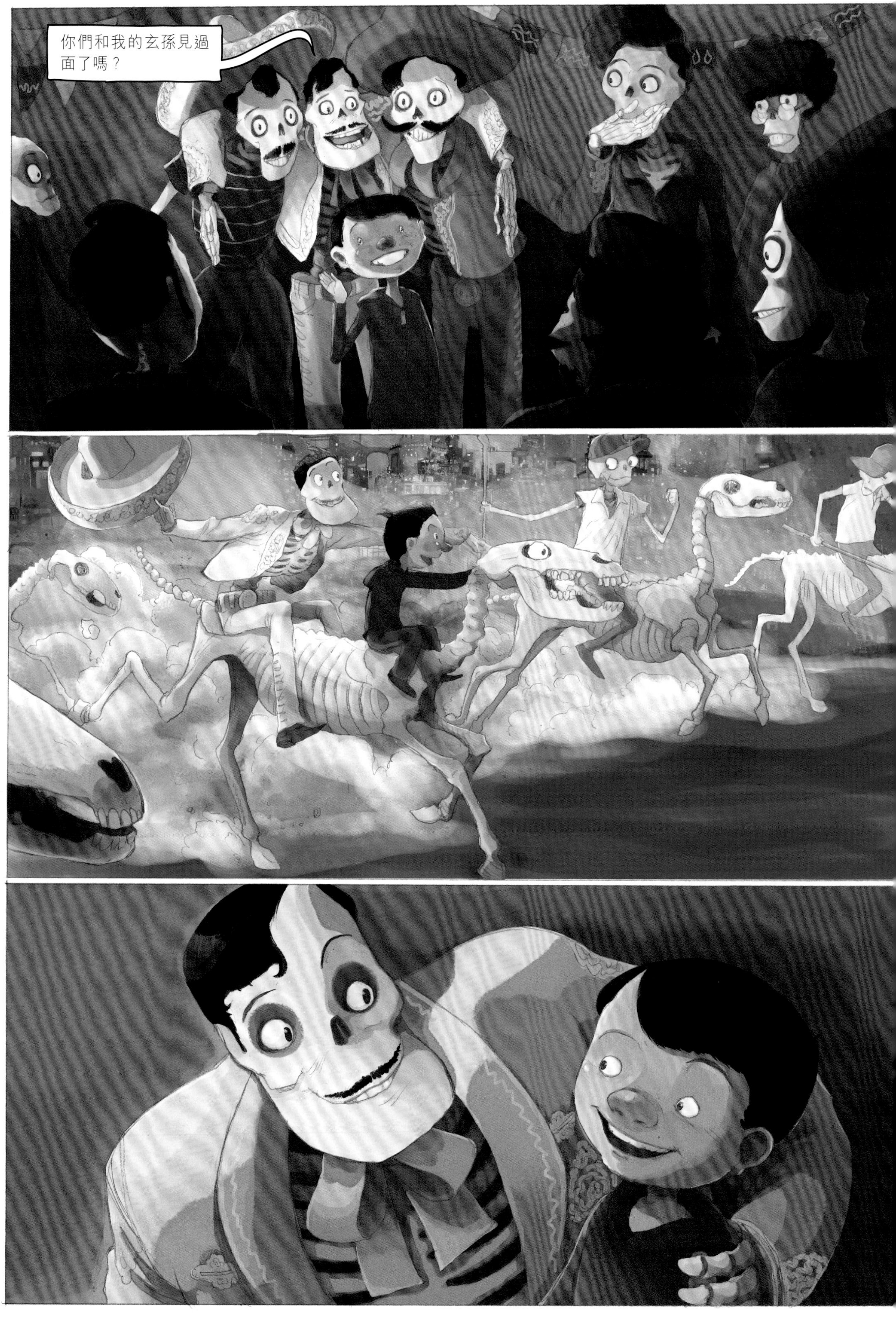
你們和我的玄孫見過面了嗎？

怎麼了？是不是玩得太久了？你看起來好像很累……
不是——一切都很好。
但……？
你選擇了音樂……並放棄其他一切，你會感到遺憾嗎？
有。但如果重新再來，我還是會做同樣的選擇。
一個人不可以否定自己的命運。而你，我的玄孫，你注定要成為一名音樂家！
米哥，你和我，我們都是藝術家！我們不可以屬於一個家庭。我們是屬於這個世界的！

不好了，我要趕快把你送回去。
很榮幸認識你，米哥，我真捨不得你。
米哥，我為你祝福——
孩子，我們之間還有約定！
噢，芙烈達！我以為你今晚不能來。
米哥，你答應把我的照片帶回去。
你認識這個……男人？
米哥，請你把我的照片放上供台。
阿德？
朋友……你快被人遺忘了……
這又是誰造成的？你拿了我的歌，那些令你成名的歌！

什麼？
是的，我快被遺忘，那都是因為你從不告訴人們那些歌是我寫的。
別胡說！曲臣的歌都是他自己寫的。
你要自己跟他說，還是由我來說？
「我們本來合作得很好，但你死了……我只唱你的歌，是因為我想延續你生命的一部分。」
你……毒害我！我一直以為只是自己運氣不好。
保安！
米哥，我的名聲是很重要的。我不希望你以為我……
為了阿德的歌而謀害他？
保安！好好照顧米哥。他會在這裏多逗留些日子。
但我是你的家人！
阿德也是我的好朋友呢！
米哥，成功是有代價的。你必須願意不惜一切——去抓緊你的機會。我知道你會明白的。

啊……！
救命呀！有人聽見
我嗎？我要回家！
孩子？
她——快把
我忘了。
她是誰？
「我的女兒。我只是想再
見她一面。我的Coco，我
是多麼的愛她！」
「Coco？」
這是我的太婆！
這是我的太太婆。
這是……你？
我們是……
一家人？

我是一個很糟糕的太太公。
怎麼會？一分鐘之前，我還以為自己是曲臣這個殺人兇手的子孫！你比他好太多了！
特哈——依——哈依——哈依——哈依——哈哈哈哈依！
豆丁！是豆丁和伊美黛太太婆，還有……
吼！
阿德？
你看起來很不錯。

我好擔心！幸好我們及時找到你！
豆丁！你果然是神奇無毛犬！
我已準備好接受你的祝福，但我要先去找曲臣取回阿德的照片。
這樣他才能再次見到Coco。我們是一家人。
什麼？
他已離開這個家！
他想要回家，但曲臣殺害了他！
伊美黛，這是真的。
我不能原諒你，但我會幫助你的。
那我們怎樣才能接近曲臣？
我有一個辦法，可能行得通。

曲臣的演唱會
我們現在就去找曲臣。
這個計劃大家都清楚了嗎？
找阿德的照片。
交給米哥。
送米哥回家。
喂！
什麼事？
我認識你嗎？
這一下是因為你謀害我最愛的人！
這一下是因為你想謀害我的玄孫！

米哥！我
拿到了！
!
嘩……
快唱！快唱呀！
♪♫

放開我！
啪！
啊依，啊依，
啊依，啊！

米哥，我要為你祝福。你回去以後，請把我們的照片放回去，而且永遠……永遠不要忘記你的家人有多愛你。
你什麼地方都別想去！
退後！你們全部退後！
阿德，我一直以來拚盡全力……辛辛苦苦所得來的，不能被他全部毀掉！
咔！

你以為我會讓他帶着你的照片返回人間？讓你永遠被人們紀念？不可能！
你是個懦夫！
我是曲臣，史上最偉大的音樂家！
阿德才是真正的音樂家，你只是一個偷了他的歌的殺人犯！
我是一個不惜一切去抓緊機會的人！
啊……！

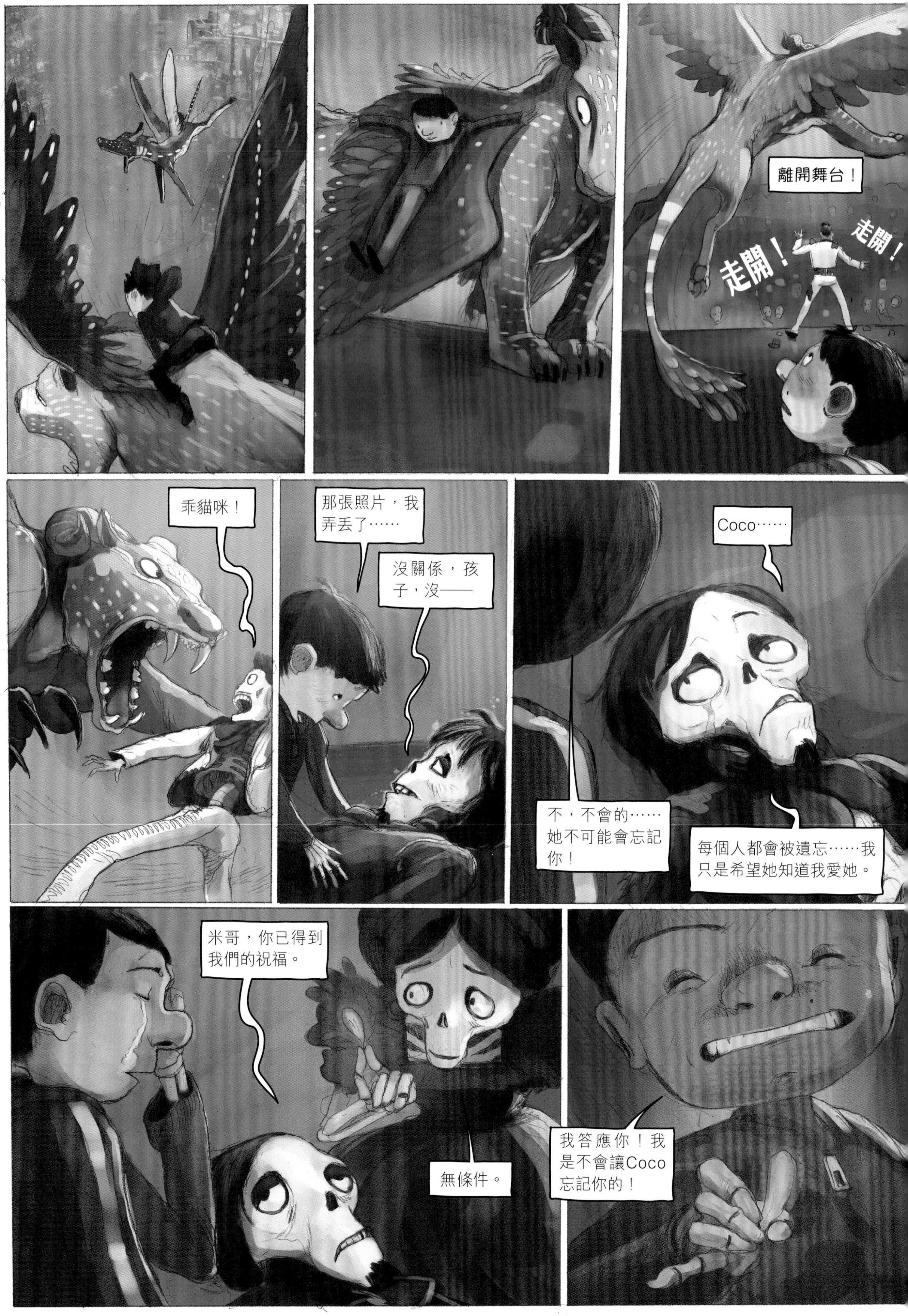
離開舞台！
走開！
走開！
乖貓咪！
那張照片，我弄丟了……
沒關係，孩子，沒——
Coco……
不，不會的……她不可能會忘記你！
每個人都會被遺忘……我只是希望她知道我愛她。
米哥，你已得到我們的祝福。
無條件。
我答應你！我是不會讓Coco忘記你的！

咦？
我必須去找
Coco太婆！
你拿着結他做什
麼？快給我！
Coco太婆！
米哥！
我見到你的爸爸！
記得嗎？爸爸？
求求你！如果你
忘了他，他將會
永遠消失。
爸爸？

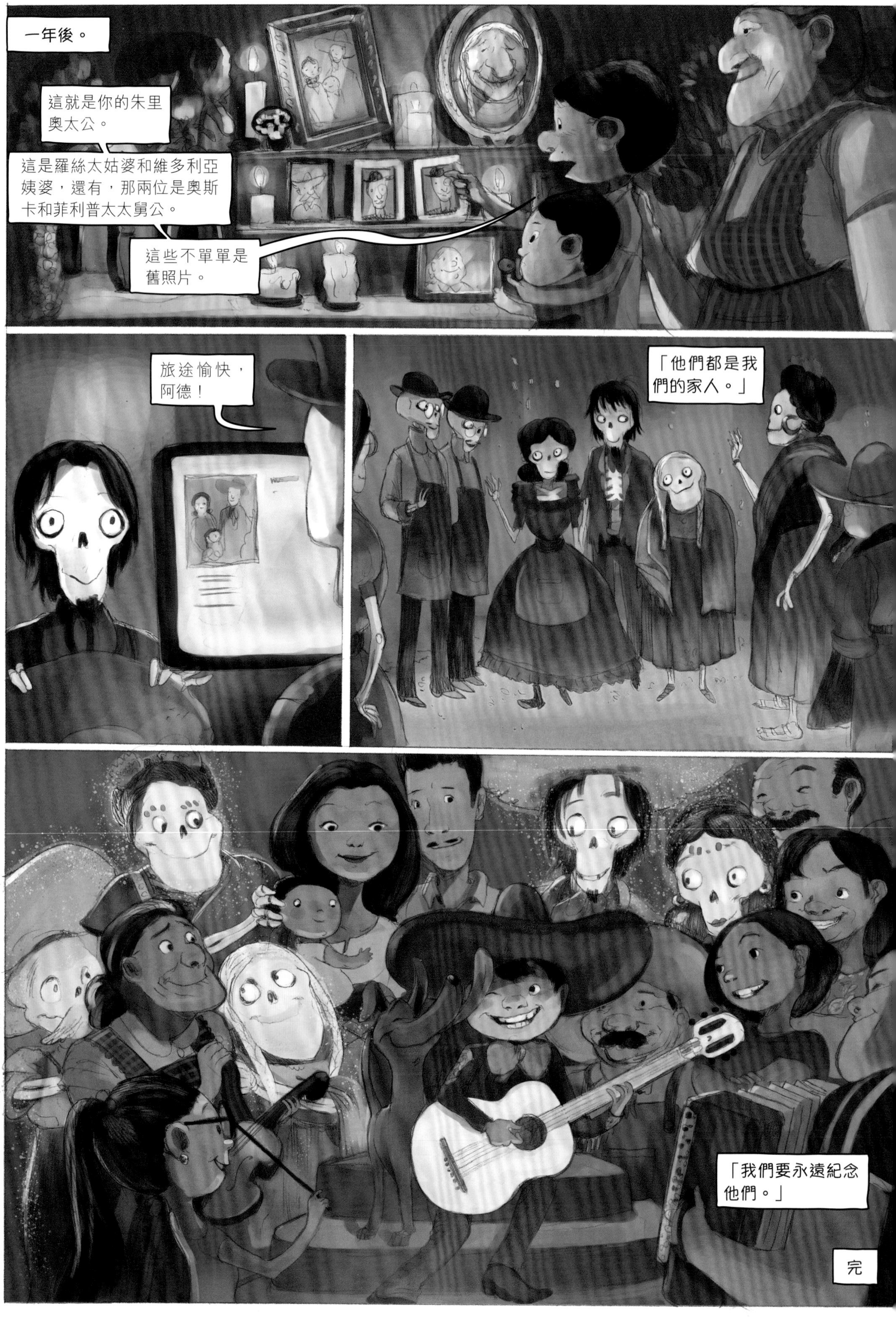
一年後。
這就是你的朱里奧太公。
這是羅絲太姑婆和維多利亞姨婆，還有，那兩位是奧斯卡和菲利普太太舅公。
這些不單單是舊照片。
旅途愉快，阿德！
「他們都是我們的家人。」
「我們要永遠紀念他們。」
完

「音樂是唯一令我開心的東西。」

——米哥

玩轉極樂園（漫畫版）

改　　編：Jai Nitz

繪　　圖：Disney Storybook Art Team

翻　　譯：潘心慧

責任編輯：陳志倩

美術設計：陳雅琳

出　　版：新雅文化事業有限公司
香港英皇道499號北角工業大廈18樓
電話：(852) 2138 7998
傳真：(852) 2597 4003
網址：http://www.sunya.com.hk
電郵：marketing@sunya.com.hk

發　　行：香港聯合書刊物流有限公司
香港新界大埔汀麗路36號
中華商務印刷大廈3字樓

電　　話：(852) 2150 2100

傳　　真：(852) 2407 3062

電　　郵：info@suplogistics.com.hk

印　　刷：中華商務安全印務有限公司
香港新界大埔汀麗路36號

版　　次：二〇一七年十二月初版

ISBN: 978-962-08-6901-3

Published by Sun Ya Publications (HK) Ltd.
18/F, North Point Industrial Building, 499 King's Road, Hong Ko
Published in Hong Kong.